Sumário

Parte 1 (A decisão)

Valquíria chega em casa na maior alegria querendo compartilhar com a mãe, sua vitória. Passou no vestibular. Conseguiria fazer faculdade, apesar de tudo.

Sua mãe precisava de um pouco de alegria. Já tinha sofrido tanto na vida. Mas isto mudaria, Valquíria tinha certeza.

— Mãe, mãe. Cadê você? Onde você está?

Sentada no chão de seu quarto "estúdio", Antonela se encontrava cercada de fotos.

— Aqui filha. Separando fotos. Tenho que entrega-las ainda hoje. Preciso receber.

Valquíria então pensou. Dinheiro, ah o dinheiro. Tudo termina no dinheiro. Odeio meu pai por isso. Tomara que nunca mais apareça.

— Mãe, vem cá. Levanta vai, por favor.

— Está bem filha. Estou indo.

Antonela chegou na cozinha e viu a filha com um sorriso gigante mostrando o jornal à mãe.

— Meu Deus Val, você passou? Passou?

A filha afirmou com a cabeça.

As duas se abraçaram, comemoraram e choraram. Nenhuma dificuldade, foi grande o suficiente para acabar com os sonhos que tinham.

Eram duas guerreiras. Não desistiam nunca. Talvez por esta resiliência, de vez em quando conseguiam alcançar um milagre ou outro. Este era um destes muitos milagres.

Valquíria não teve condições de fazer um cursinho. Estudou em casa sozinha. E ainda assim passou no vestibular para arquitetura na UFES. Faculdade federal. E ainda foi bem classificada.

À noite em sua cama, Antonela chorou. Por que Renato? Por que você não está aqui para comemorar com sua filha? Não gostar de mim, eu entendo. Mas seu sangue? Sua filha? Como pode ser tão egoísta?

Chorou, chorou muito. Sentia falta do marido. Sabia que era loucura, mas não conseguia controlar seus sentimentos.

As aulas começaram. Val teve que parar de trabalhar por causa dos horários desencontrados do curso.

Sua mãe preferiu que ela cursasse a grade corretamente, e terminasse o curso no tempo certo. Antonela daria um jeito.

Tiveram de se mudar para um lugar mais perto da faculdade. Encontraram um apartamento mais barato do que a casa onde elas moravam. Val ia a pé, e podia almoçar e lanchar em casa. Economizando também.

E Renato nada. Nunca mais. Podia ter morrido. Pensava valquíria, sua filha.

Pelo menos minha mãe poderia receber uma pensão. Ela nunca falaria isto para a mãe, mas era o que pensava.

Se Val soubesse...

Logo no segundo semestre da faculdade, Valquíria conheceu Hélio. Ele fazia direito. Foi amor à primeira vista.

Valquíria tinha muito medo de encontrar um homem como o próprio pai. Por isto nunca tinha namorado. Tinha quase 18 anos e nunca tinha levado nenhum rapaz em casa. E não era por não aparecer, era medo mesmo.

Mas com Hélio foi diferente. Ele era diferente.

Se conheceram na biblioteca. Ela carregava um monte de livros no corredor e não o viu parado. O esbarrão foi inevitável.

Val ficou muito envergonhada pela distração. Enquanto Hélio se divertiu com o fato.

— Pode falar a verdade. Você fez de propósito não foi? Combinou com sua amiga ali. Apontou para ninguém.

Val deu um sorriso sem graça. Ele era realmente encantador. Só que ela não o tinha visto mesmo, até o esbarrão.

— Me desculpe. Não te vi.

— Tudo bem. Obrigada por me informar que sou invisível. Vou ter que me esforçar mais daqui para a frente. Entregou os livros para ela e sorriu.

Ela também sorriu. Agradeceu e se sentou na mesa para estudar.

Hélio seguiu seu caminho. Mas quando Val saiu da biblioteca, ele estava na saída esperando por ela. Perguntou se podia acompanha-la até em casa. Val aceitou sem questionar. Sentiu que "era ele".

Depois deste dia, dificilmente se via um sem que o outro estivesse por perto ou então aparecesse logo em seguida. Parece piegas, mas eles se completavam como feijão com arroz. Quando um desanimava, o outro dava um empurrãozinho.

Ele já estava quase terminando o curso, ajudava muito a Valquíria com os estudos, apesar de cursarem matérias diferentes.

Antonela gostou de Hélio de pronto. Rapaz responsável e que se preocupava com o bem-estar da filha. Isto para ela era o mais importante. Ele foi criado pela avó e era muito grato a senhora por tê-lo criado. E tudo que ele pensava em fazer, pensava em como a avó reagiria. Tinha um tio casado. A esposa dele e os primos gostavam muito de Valquíria. A avó também. Para Antonela, isto importava muito. Seriam um suporte para a filha se algo lhe acontecesse.

Como já disse antes, os dois foram feitos um para o outro. Antonela ficava mais tranquila, vendo a filha com alguém que lhe amava e respeitava. Ela sabia como um relacionamento assim era difícil de se encontrar.

Antonela tinha que trabalhar dobrado, mas fazia isto satisfeita. Sua filha teria o que ela não teve. Uma profissão e o respeito de seu companheiro.

Quando Hélio terminou a faculdade, conseguiu um estágio. Seguiram felizes, achando que ele seria contratado ao final do estágio. Infelizmente isto não aconteceu.

Hélio se formou logo depois de começar a namorar com a Valquíria. Antonela conheceu a família do rapaz nesta ocasião. Foi emocionante. A avó emocionada por ver o neto alcançando o caminho que ela queria para o filho, pai do rapaz. Os tios e primos, todos comemorando a nova etapa do rapaz. Havia muito incentivo da família. Não queriam "que ele terminasse como o pai".

Antonela sempre ouvia esta frase dos parentes de Hélio, mas nunca teve coragem de perguntar o que isto queria dizer.

Depois de Hélio não ser contratado no estágio, as coisas ficaram mais difíceis. Mas Hélio, estudioso e esforçado que era, passou na prova da PF. Só tinha um problema. A vaga era para Curitiba, no estado do Paraná.

— Mãe, o que você acha? Perguntou Valquíria preocupada.

— Minha filha. O que "você" acha? Antonela devolveu a pergunta.

— Eu amo o Hélio mãe. Ele vai ganhar o suficiente para começarmos nossa vida sem problemas, eu posso conseguir transferência para terminar o curso em uma faculdade lá. Já até procurei saber como. Não é tão difícil.

— E o que está te impedindo de ir com ele? A mãe perguntou.

Valquíria olhou para a mãe, tinha os olhos cheios de lágrimas.

— Mãe. Não posso te deixar sozinha. Não é justo.

— Querida preste atenção. Não existem muitos "Hélios" por aí. Eu sou sua mãe e estarei sempre ao seu lado, e sei que você também estará ao meu, sempre que precisarmos uma da outra.

— Filha, não deixe passar a oportunidade de sua vida. Nem por mim, nem por ninguém. Estamos entendidas?

— Está certa mamãe. Se abraçaram, e Antonela beijou a filha para que ela se sentisse segura quanto a sua decisão.

Hélio teve que ir antes. Valquíria precisava conseguir a transferência. Hélio aproveitou para preparar tudo para ida de Valquíria. Decidiram se casar antes que Valquíria fosse para lá. Em Vitória, Antonela e Valquíria cuidavam da transferência e do casamento, que seria bem simples.

Se casaram só no cartório. Mas Antonela era fotógrafa e conseguiu um vestido de noiva e um terno para fazer fotos externas do casal. E conseguiu um álbum deslumbrante para a filha.

No casamento, só quem se importava com as duas. Antonela convidou a família de Renato, que também era família de Valquíria. Nada. Ainda tinha esperanças que Renato aparecesse para comemorar com a filha. Nada também. Por que ela ainda achava que Renato voltaria? Era uma tola.

O genro viu a tristeza da sogra e tentou animá-la. Sabe dona Antonela, não se preocupe. As pessoas que realmente importam estão aqui, se não estão, é porque não precisamos delas. Meu pai também me abandonou com uma mãe doente, para morrer. É por isso que admiro tanto minha avó. Ela foi uma mãe não só para mim, mas para minha mãe também. Então, pense bem, eles estão nos fazendo um favor saindo de nossas vidas.

Agora Antonela sabia por que Hélio era tão bom para elas. Tinha sofrido uma perda também. Abraçou o genro com mais carinho ainda. Tinha certeza que ele se esforçaria por sua filha...

Hélio e Valquíria viajaram, na mesma noite do casamento. Hélio tinha que estar em Curitiba na segunda-feira. Foi bem melhor assim.

As duas se falavam todos os dias a princípio. Depois foram se adaptando as novas vidas e se falavam menos. Mas nunca ficavam mais de três dias sem se falar.

Antonela se especializou em fotos de aniversários, eventos e casamentos. Assim não passava muitas noites sozinha.

Mas, chegou o dia em que Antonela completaria aniversário de casamento. Estava triste. Naquele dia não queria fazer nada. Foi para a praia.

Estava frio. Era final de maio. Ela não foi para tomar sol. Foi para pensar em sua vida. Estava praticamente sozinha na areia, assim como na vida...

Ficou pensando. O que me prende aqui? Por que insisto em viver longe de minha filha, quando ela e o marido insistem para que eu me mude para lá? Qual é o meu problema? Olhou para a mão. Ainda usava a aliança. Idiota. Será que você ainda espera por este cretino? Será que é isto?

Ligou para a filha.

— Ei mãe. Está tudo bem? Esqueceu de falar alguma coisa? Valquíria tinha ligado para ela logo cedo. Ficou preocupada com a data.

— Na verdade querida. Tomei uma decisão. Vou me mudar para Curitiba. Disse decidida.

Valquíria começou a gritar de alegria no telefone.

— Quando mãe? Semana que vem?

— Calma Valquíria. Você sabe que sou lenta para novas resoluções. Tenho muitas coisas para resolver aqui. Logo, logo fico pronta para a mudança.

Valquíria sabia que não adiantava pressão. A mãe funcionava no tempo dela. Mas agora era só esperar. Finalmente.

Naquele mesmo dia, Antonela tirou a aliança do dedo, vendeu e com o dinheiro comprou algo para ela.

Começou os preparativos para a mudança. Tinha muitas pendências para resolver. Principalmente financeiras. Trabalhou feito louca. Resolveu que só levaria suas coisas. Uma mudança para o sul ficaria muito cara.

No meio dos preparativos de Antonela, veio uma notícia inesperada. Valquíria descobriu que estava grávida. Antonela tinha que se apressar.

Valquíria mandava foto da barriga todos os dias. Um pouquinho de pressão não faria mal.

Coitada da mãe. Ficava aflita por não estar com a filha. Como pode ficar tanto tempo longe dela.

No dia de viajar, ainda fez um último trabalho. Era em um hotel onde ela sempre era convidada para registrar os eventos que ocorriam por lá. Ela aceitou com uma condição. Queria receber em dinheiro vivo. Precisaria para viajar.

Era o lançamento de um condomínio de luxo. Só foram convidadas pessoas da nata da sociedade. Antonela acabou encontrando uma conhecida de longo tempo. Ela era uma socialite que sempre a contratava para suas festas.

— Ei Antonela. Que coincidência. Conheci um advogado de Curitiba aqui. Se soubesse que era você a fotógrafa do evento, tinha te chamado para tirar uma foto nossa. Ele é um show.

— Menina. Um pedaço de mal caminho. Tinha que ver. Pena que já foi embora. Nem me deu o telefone acredita? Disse a mulher.

— Vou tentar conseguir com alguém. Sorriu pra Antonela.

Ela era muito espalhafatosa. Mas Antonela gostava muito dela. Era uma boa companhia. Porém, era melhor correr dela. Seu voo não iria esperá-la. Se despediu educadamente.

Chegou ao aeroporto bem antes do voo. Estava uma chuvinha fina, um friozinho gostoso. Lá em Curitiba devia estar bem frio. Ainda bem que vim bem agasalhada pensou. Antonela fez logo o chec-in e foi para a área de embarque. Só tinha uma mala de mão. O resto tinha mandado pelo tio de Hélio, quando ele e a mãe, foram visitá-lo. Coitado. Teve que ir de carro. A mãe idosa não quis de jeito nenhum entrar em um avião.

Olhou seu reflexo na vidraça. Estava até bem para cinquenta anos. Era alta, não muito esguia, mas tudo estava no lugar. Seus cabelos eram ruivos. Ainda não precisavam de tinta, como a maioria das mulheres com esta idade. Agora que começava a aparecer aqui e ali um fio branco. Sua pele branca, contrastava com seus cabelos e seus olhos castanhos claros. Viviam dizendo que era bonita, mas ela mesma, não tinha certeza. Estava satisfeita, mas não se achava capaz de conquistar um homem interessante. Com sua idade então. Esquece Antonela.

Pegou um jornal na cadeira ao lado, para se distrair. 19/06/2020. No dia seguinte faria meio século. Data propícia para se começar de novo. Será?

Parte 2 (A descoberta)

Antonela esperava ansiosa pelo voo. Estava um pouco atrasado por causa das chuvas. Ela chegou tão cedo...

Se mudaria de sua cidade natal, Vitória. Ia ao encontro de sua filha Valquíria. Nem acreditava que finalmente criou coragem para ir. Mas tem suas dúvidas, será que se Valquíria não estivesse grávida ela se mudaria tão rápido assim mesmo? Talvez fosse só fazer uma visita. O que a convenceu finalmente, foi o fato de a filha estar grávida. Não podia deixá-la sozinha agora. Não mesmo.

Sem família, poucos amigos. O que ainda a mantinha nesta cidade? Não conseguia saber. A bem da verdade, tinha uma vaga desconfiança do motivo. Mas não gostava de admitir.

Eram tantas lembranças. Tristes em sua maioria. Por que insistiu? Por que tanto apego? Quem sabe?

Olhando para pista, para os aviões, se perdeu em lembranças. Sua vida até ali, até aquele momento...

Ano de 1999. Com29 anos finalmente se casa com o amor de sua vida. Renato. Moreno alto, bonito e sensual, muito sensual, mais que a conta. Ele sempre deixava isto bem claro. Sensualizava não apenas para a esposa, mas para quem quisesse, e se interessasse. Antonela descobriu isto tarde demais.

Que fique bem claro, Renato só se casou, porque ela estava grávida. Ela se iludia que não, mas esta era a verdade. O pai dele praticamente o obrigou a isto. O mais triste foi ela ter perdido este bebê depois do terceiro mês. Engravidou da Val logo em seguida.

Depois de 6 anos de casada, já tinha pleno conhecimento de que Renato realmente não se conformava com o fato de ter se casado.

Estamos no ano de 2005, Valquíria sua filha, tem cinco anos. Ela, o marido e a filha estão em um aniversário de criança. Gustavo, filho de um amigo de trabalho de Renato, fazia também 5 aninhos.

A festa bombando e Renato sumiu de repente. Ele e a mãe do aniversariante, Josi.

Antonela percebeu algo estranho desde que chegou na festa. Mas preferiu ignorar, como sempre.

Estava louca para ir embora. Não conhecia ninguém ali, foi por pura educação. Na verdade, achava que nem ele tinha tanta intimidade assim com o "amigo", já com a esposa... Começou a procurar o marido para pedir que fossem embora.

Amanhã é meu aniversário, pensou. Renato convidou alguns amigos e parentes para uma comemoração lá em casa. Eu não queria nada. Mas como sempre, "não" para Renato não funciona, pensou.

Queria adiantar umas coisas hoje ainda. Onde será que está Renato? Ia perguntar a alguém.

Mas como disse antes, não conhecia ninguém. Na verdade, Renato nunca fez questão de apresentá-la a nenhum de seus amigos e amigas neste novo trabalho dele. Só os conhecia de oi, bom dia, alô. E ela realmente, não se preocupava em mudar isto...

Voltando a festa.

Procurou em cada canto sem encontrar o marido. Resolveu procurar dentro da casa, então viu uma cena muito esquisita...seu marido se ajeitando. Calça, camisa, cabelo. Muito estranho. Quando ele a viu se assustou.

— Nato, está tudo bem? Perguntou curiosa.

— Tudo querida. Estava no banheiro. Não estou me sentindo muito bem, vamos embora?

Graças a Deus, nem precisei pedir.

— Está bem, vou pegar nossas coisas.

Pois é, criança, lembrancinha, docinhos, bolo, sapato de criança, bolsa de bebê, bolsa dela, e tudo sozinha. Típico de Renato. "Você dá conta não precisa de ajuda". Era o que ele sempre dizia. Desistiu há muito, de pedir ajuda. Um amigo dele que viu a dificuldade de Antonela, por cavalheirismo a ajudou. Ainda bem.

Renato? Já no carro ligado, esperando por ela.

— Por que demorou tanto Nela?

— É sério Renato? Perguntou ela.

— O quê?

O amigo dele ficou olhando meio perplexo a situação. Ainda ajudou colocando Valquíria na cadeirinha enquanto a mulher guardava as "coisas" no banco de trás. Antonela agradeceu a ajuda e entrou no carro.

Nem se despediram das pessoas. Por isto eles deviam considerá-la tão esquisita, sempre saia correndo das festas.

Alguns dias depois, descobriu o motivo da pressa. Renato tinha terminado o caso com a tal da Josi. O primeiro entre tantos outros.

A mulher tinha ficado furiosa, e disse que contaria para todos. Daria um show ali mesmo. No aniversário do próprio filho? Louca.

Como ele correu, ganhou um tempo para que ela esfriasse a cabeça. Não deu muito certo. A maluca contou para o marido no mesmo dia, achando que assim Renato ficaria com ela. Coitada.

Triste ilusão. Renato tinha uma trouxa de carteirinha ao seu lado.

Na mesma semana, na sexta-feira ligou para a casa de Antonela e contou sobre o caso, com todos os detalhes sórdidos do fato. Queria chocá-la.

O marido dela pediu o divórcio, mas eu? Eu não, para que? É melhor acreditar num cretino que promete mudar não é mesmo? E isto não é tudo. O marido traído, achou que podia tirar proveito da situação, e se aproveitar de Antonela. Ela se sentiu enojada com toda esta história...

Ouviu uma voz metálica chamando os passageiros de seu voo para o portão de embarque. Dentro do avião devidamente instalada, pôde voltar às suas velhas lembranças.

Ah! O adultério! A partir daqueles dias, foi algo rotineiro na vida de Renato. Quando ela descobria, ele confirmava. Nunca negou. Nos primeiros, ainda se desculpava. No fim dizia que a culpa era dela. Eu não era a esposa que ele precisava.

Por muitas vezes, ela realmente se sentiu culpada. Afinal, não era tão bonita, e não se cuidava também. Nunca tinha dinheiro para nada supérfluo. Mas se cuidar para que, ou melhor, para quem? Ou então, você nunca quis trabalhar, não ajuda em nada. É uma esposa e mãe relapsa... Foram tantas as acusações, que nem se lembrava mais.

Por que aceitava este comportamento abusivo do marido? Pela filha? Ela estaria melhor sem o pai cretino, com toda certeza.

Por que nunca tinha tido uma família? Por que seria uma derrota?

Não importa mais. Finalmente acabou. Não pela vontade dela. Faz 5 anos que Renato pegou suas coisas e desapareceu. Simples assim. Em 2015 ele aproveitou um dia em que ela saiu para comprar com Val seu presente de 15 anos. Antonela exigiu de Renato que ele desse um presente bom para a filha. Já que a festa foi simples. Ele deu o dinheiro muito contrariado. As duas chegaram em casa e descobriram que ele tinha ido embora. Acharam que ele tinha ficado bravo com a história do dinheiro, e voltaria a qualquer momento. Que nada. Nunca mais o viram.

Deixou as duas sem nada. Até a casa que era própria, o pilantra vendeu para comprar outra melhor, e gastou o dinheiro sem avisar. As duas só não passaram fome, porque Antonela começou a trabalhar como fotógrafa com uma amiga de faculdade. Que vendo seu desespero lhe deu uma ajuda.

Pegava trabalhos por fora também. Fotografava qualquer evento que conseguisse, até velório se fosse necessário. Foi assim que conseguiu sustentar as duas até valquíria começar também a trabalhar.

Quanto a casa, foi procurar saber. Ela havia assinado uma procuração dando plenos poderes ao marido. Longa história.

Ele se aproveitou dela meio alta pelo espumante que lhe deu de presente de aniversário. Ela sabia que Renato a embriagara de propósito. Só não sabia por quê. Mais tarde descobriu o motivo.

Como podia ter confiado tanto em um canalha. Era uma idiota. Na verdade, ela era a única responsável pelo sofrimento dela mesma e da filha.

E ainda se pegava esperando pela volta do

marido. Só tirou a aliança pouco antes da viagem. Acreditam? Coitada.

— Acorda Antonela. Falou em voz alta.

— Oi? Perguntou o homem a seu lado.

— Desculpe. Estava falando sozinha. Tenho esta mania. Sinto muito se lhe acordei. Disse sem graça.

— Ok. Não tem problema. Eu não estava dormindo. Sorriu pra ela.

Só então ela reparou no homem a seu lado. E que homem!!!

Ela era boa observadora, fotógrafa né? Passou a analisá-lo.

Moreno, alto. E este é realmente bonito e sensual. Cabelos negros com fios grisalhos. Olhos pretos. Tão negros, como Antonela nunca viu. Lábios desenhados e convidativos, muito convidativos. Um corpo bem cuidado.

Roupas de marca. Caras com certeza.

Terno, camisa social, estava sem gravata, mas tinha certeza que a tinha tirado, a gola estava marcada. Os sapatos, de couro legítimo, com certeza, a pasta também. Tudo bem caro.

Barba bem feita, cabelos bem cortados. E o perfume? Maravilhoso.

O porte e a elegância, incomparáveis. Era advogado ou empresário, e dos bons. Pensou ela. Só faltava ver uma coisa.

Droga, uma aliança. Enorme. Do tipo que diz, tenho uma dona e ela faz questão que todos saibam. Ou melhor, "todas".

Ficou decepcionada. Quer saber, vou dormir e acordar só em Curitiba, ganho mais.

O homem; bem o homem...

Se chama Raul. E como Antonela desconfiou, é advogado. Um dos bons sim. Trabalha em um grande escritório. Mas não é dele, é do sogro e da esposa. Ele é só um funcionário.

Não conseguia saber por que continuava lá? Eram tantas promessas, todas vazias, nunca se cumpriam. E a sociedade nunca chegava. Para que?

Perguntava a esposa. O que é meu, é seu, não é querido? Quando fizer 50 anos será sócio. Não é este o acordo?

Será?

Será que não era uma forma de mantê-lo no cabresto? Seu sogro sabia que a filha não era muito fácil de ser controlada, e Raul conseguia contê-la, quando necessário. Sem ninguém a seu lado, ela seria um desastre para a família e para o escritório. O sogro sabia bem disso.

Tinha 15 anos de casado. Ele e a esposa Elen, se conheceram na faculdade. Depois de formados começaram o namoro, quando ela engravidou depois de 2 anos de namoro, o pai dela não abriu mão do casamento. Mas nesta época, Raul nem fazia ideia do porquê.

Ele até que gostou, já tinha 35 anos. Não estava sendo fácil conseguir um lugar para trabalhar. O futuro sogro era bem conhecido, achou que valeria alguma coisa na sua carreira. Porém, o sogro sempre o olhou de lado. Afinal, um genro sem o nome de uma família tradicional. Isto era imperdoável. Por que então casá-la com Raul?

Pois é. Nunca se deram muito bem. Principalmente pelo fato de Raul descobrir depois de casado que nunca foi o único na vida da esposa. E mesmo depois de casado continuou a compartilha-la com vários outros. Agora sabia o motivo do casamento sem gostar do genro...

Por muitos anos, Raul desconfiou que o filho não fosse dele. Mesmo sendo muito parecidos. Isto acabou com o relacionamento dos dois. O filho o odiava, e ele não podia fazer mais nada a respeito. Era muito triste. Ele se sentia culpado por isto.

Quando apareceu o teste de DNA, fez escondido. Descobriu que era realmente o pai de Leonardo, mas aí já era tarde. Era o único arrependimento que tinha.

Dos vários casos extraconjugais, destes não se arrependia. Não dormia com sua esposa desde que ela sofreu um aborto em 2010. Depois do fato, Elen nunca mais o quis como homem. Só como "marido".

Ele também não a queria. Nunca o respeitou. Disse que ficou magoada porque o marido desconfiou da paternidade do bebê que ela perdera. Afinal, os homens faziam fila em sua cama. Depois descobriu que estava certo. Ela não ficou magoada não, ficou com medo que ele descobrisse a verdade. E ele descobriu, mas deixou para lá. Não queria mais brigar.

O pai dela morria de vergonha. Era um homem honrado, casado há 50 anos com a mesma mulher e vivendo bem. Elen era sua decepção. Por isso mantinha Raul na reserva. Se ele fosse embora tudo estaria perdido com certeza.

Raul se culpava apenas pelo relacionamento com filho e só isto. Nada mais.

Se eu pudesse voltar no tempo...

Então ouviu uma voz feminina a seu lado.

— Acorda Antonela.

— Oi? Perdido que estava em seus pensamentos, se assustou.

— Desculpe. Estava falando sozinha. Tenho esta mania. Sinto muito se te acordei. Disse a mulher sem graça.

— Ok. Não tem problema. Eu não estava dormindo. Sorriu para ela.

Uma mulher bonita pensou. Mais esperto que ela, olhou logo para a mão. Sem aliança, mas ainda tinha uma marca. Divorciada com certeza.

Quem sabe? Ela é interessante. Não é nova, mas...

Voltemos a mulher.

Ela ainda tentava dormir. Se lembrou da filha. Valquíria era um doce. Sofreu tanto, e mesmo assim mantinha a confiança em dias melhores.

Mesmo quando Renato estava em casa, não tínhamos muito dinheiro. A filha sempre estudou em escola pública, nunca ganhou presentes caros. Festas de aniversários, sempre muito simples. E a pior foi a de 15 anos. O pai nem fez questão de comemorar. "Para quê? Nem você nem eu tivemos festa de 15 anos e estamos aqui". E depois partiu sem se preocupar com estrago deixado para trás.

Antonela fez um bolo, convidou os amigos mais chegados dela. E foi assim os 15 anos de sua filha. Acham que ela se incomodou? Que nada. Se divertiu muito com os amigos. Ela é ótima, minha filhinha.

Sempre se preocupou mais comigo do que com ela mesma. Tinha pena de mim, pelo que eu passava com o pai dela. Vivia chamando minha atenção para as coisas que ele me fazia passar. Eu nunca ouvi minha filha. E por isto ela foi a mais prejudicada.

Se eu pudesse voltar no tempo. Pensou...

Sentiu o avião sacudir violentamente. Antonela se segurou no braço da poltrona com todas suas forças, fechou os olhos e começou a suar frio de medo. Poxa vida. Logo hoje? Logo comigo. Que azar. Agora que decidi mudar de vida? Não é justo. E seguia de olhos fechados.

— Com licença.

Antonela ouviu o homem a seu lado falar.

Abriu os olhos e respondeu.

— Sim. Pois não. Respirou fundo para não gritar.

— Poderia soltar meu braço por favor?

Sorriu simpaticamente para ela.

— Meu Deus, desculpe, não senti seu braço. Falou constrangida. Te machuquei?

— Não. Não se preocupe. É que vou precisar das duas mãos para afivelar o cinto. Devia fazer o mesmo.

— Colocar o cinto? Perguntou assustada.

— Sim. Não ouviu o comandante. Vamos fazer um pouso de emergência. Está chovendo muito. Ele explicou.

— Droga, droga. Estava apavorada. Tão apavorada que não conseguia afivelar o cinto

— É meu primeiro voo. Isto acontece com frequência?

— Não se preocupe. Tudo vai ficar bem. Posso garantir. Ele tentava acalmá-la.

Ela lhe dirigiu um sorriso agradecido. Mas não tinha tanta certeza assim.

Pousaram afinal. Não foi tão bem assim. Mas Antonela se mante firme, sem nenhum escândalo.

Pousaram antes de Curitiba. Não tiveram teto por causa da chuva forte.

A empresa aérea ofereceu um ônibus para quem preferisse terminar a viagem no mesmo dia. Realmente chovia muito.

Antonela esperou o balcão esvaziar, não gostava de empurra, empurra, sempre se afastava de confusão. As pessoas que só fariam escala em Curitiba, foram direcionadas para um outro balcão onde teriam informação a respeito de hospedagem.

Com o balcão mais vazio. Na verdade, só via uma senhorinha, ela disse que preferia ir de ônibus até Curitiba. Era tão perto. Cerca de 30 minutos de ônibus.

—Minha filha, preciso chegar hoje. Prometi a meu filho, é aniversário dele. Não posso deixá-lo esperando no aeroporto até amanhã.

Está bem senhora. Providenciarei uma poltrona no próximo ônibus. É para Curitiba mesmo senhora?

— Sim querida. Obrigada.

Antonela se aproximou.

— Com licença. Veja uma poltrona para mim também por favor?

Neste momento Raul chegava ao balcão.

— Senhorita, ainda tem vaga no ônibus?

— Parece que só vocês tem pressa, não é mesmo? Falou a jovem balconista sorrindo.

— Sim tem bastante vaga, senhor.

Antonela e Raul passaram todo tempo da viagem tentando ligar para os filhos. Tanto Raul, quanto Antonela. Não conseguiam falar. A chuva estava muito forte.

A viagem foi rápida, mais rápida do Antonela esperava. Tão rápida que a filha e o genro ainda não tinham chegado. O filho de Raul também não.

Antonela pegou o celular para ligar pra filha. Estava ansiosa e daí? Valquíria ia entender.

Quando tentou usar o celular, uma surpresa. A tela não ligou. Nada funcionava. A tela estava totalmente preta. O que tinha acontecido? Tentou de tudo. Se dirigiu ao homem do avião que estava à seu lado.

— Por favor senhor, seu celular está funcionando? Ela perguntou.

Ele sorriu pra ela e disse educadamente.

— A propósito, me chamo Raul. Ele estendeu a mão.

Ela ficou sem graça. De novo. Estendeu a mão de volta.

— Desculpe, me chamo Antonela.

— Pode me emprestar o celular por favor? Insistiu ela.

Raul tocou na tela do celular para desbloqueá-lo e passar para Antonela. Não conseguiu. A tela dele também estava do mesmo jeito.

— Não funciona também. O que será que está acontecendo? Ele se perguntou.

— Parece que vou ter que ir de táxi para casa afinal. Terminou de falar.

— Que estúpida!!

— Eu não posso. Falou Antonela. Não anotei nada no papel. Salvei tudo no telefone. Não tenho como saber o endereço de minha filha.

— Bom, veremos. Daremos um jeito. Você pode ficar em um hotel aqui perto. Ou então esperar por sua filha aqui. Já deve estar chegando. Ele tentou acalmá-la.

Foram ao balcão. Já era madrugada, o voo tinha se atrasado muito.

Está tudo vazio. Não posso deixá-la aqui sozinha. Pensou Raul. É perigoso.

Rodaram por toda a rodoviária. Não tinha uma viva alma por ali.

Olhou para o relógio da rodoviária. 3:00 h da manhã. Deve ser por isto que os filhos não estavam ali. Devem vir amanhã.

Tinham que procurar um lugar para ficar. Ali estava deserto.

Encontraram o segurança. Perguntaram o que tinha acontecido. Por que a rodoviária estava vazia?

— Foi fechada. Disse o segurança. Vazamento de gás, sei lá. Todo centro foi fechado.

— E agora? Não conheço nada por aqui. O que vou fazer? Olhou pra ele sem esperança.

— Bom, vamos encontrar um hotel para ficar. Temos que dormir. Tentou manter o foco.

O segurança disse que havia um hotel logo ali em frente. Devia ter algum quarto disponível.

Ainda bem que ela não tinha trazido muita coisa na mala.

— Senhor? Perguntou Antonela ao segurança.

— Sim, senhora.

— Estou com medo de que minha filha venha me buscar. Se eu escrever um bilhete para ela, o senhor a entregaria por favor?

— Claro senhora. Com prazer.

Ela colocou no bilhete o essencial. O nome do hotel que ficaria e que estava sem celular. E por fora o nome da filha e de Hélio.

Raul acabou fazendo o mesmo.

Agradeceram a ajuda do segurança e seguiram para o hotel no outro lado da rua.

A rua estava deserta. E a chuva? Nada de chuva. Que estranho.

Dentro do hotel, a mesma situação. Tudo vazio. Estava parecendo uma cidade fantasma. Mas também, pela hora. Ela só queria dormir um pouco.

Mesmo parecendo vazio, o hotel estava lotado, só tinha um quarto disponível. Era um quarto duplo, pelo menos. Antonela não viu problema nenhum. Só queria dormir.

Depois, pensou indo para o quarto. Será que este cara lindo é um maníaco? Um tarado? Louca. Riu dela mesma e foram para o quarto.

Ela não quis comer. Tomou banho rapidinho e se colocou embaixo das cobertas. Estava muito frio. Muito mesmo.

Raul pediu algo para comer. Estava sem comer desde a hora do almoço. Foi a um lançamento de um condomínio pelo qual o escritório era responsável, mas não conseguiu comer nada. Uma mulher ficou lhe seguindo o tempo todo. Ele preferiu ir embora logo.

Quando a comida chegou no quarto, ele ainda estava no banho. Antonela recebeu para ele.

Aproveitou para perguntar ao rapaz que trouxe a comida, a senha do wifi do hotel.

— O quê senhora? Perguntou o jovem sem entender.

— Wifi. Sinal de internet? Insistiu ela.

— Internet só tem no salão lá embaixo senhora. Nos quartos ainda não.

— Está bem meu jovem. Obrigada.

Nossa que hotel atrasado. Enfim, não ia descer agora para ver se o celular funcionava.

Quando Raul saiu do banho, comentou com ele à respeito da internet. Ele estranhou também.

Antonela tentou de novo o celular. Nada.

Olhou para Raul. Que homem!!!! Meu Deus. Melhor dormir, senão não me responsabilizo.

— Boa noite Raul.

— Boa noite Antonela. Amanhã tudo vai se resolver.

— Espero que sim. Amanhã é meu aniversário, gostaria de estar com minha filha Valquíria.

— É mesmo? É o meu também, faço 50 anos. Falou orgulhoso.

Não parece, pensou ela.

— Também faço 50. Olhou para ele.

— Que coincidência. Falou ele.

— Não acredito em coincidências Raul. Boa noite.

Ele deu de ombros e continuou comendo. Ela não parece ter esta idade, pensou ele.

No dia seguinte Antonela acordou cedo. Mudou a roupa e se preparou para ir embora. Raul continuou dormindo. Antes de sair do quarto, tentou de novo usar o telefone. Não funcionou.

Resolveu descer e ver se era problema de sinal.

Raul acordou e não viu Antonela. Imaginou que tivesse ido tomar café. Viu a mala dela arrumada ao lado da cama. Se arrumou também e desceu.

No restaurante, encontrou Antonela calada, muito calada. Parecia preocupada com alguma coisa.

Se serviu e sentou em frente a ela.

— Bom dia. Está tudo bem? Perguntou ele.

Ela olhava para os lados. Estava desconfiada de alguma coisa. Raul pode perceber.

— Raul. Não está sentindo nada diferente? Com as pessoas? Com o ambiente? Sei que nunca estive aqui antes, mas algo está me inquietando. Afirmou ela.

— Acho que não Antonela. Olhou ao redor. Só que as pessoas voltaram. Sorriu.

— Quando entrei no ônibus ontem, me senti diferente. Continuou ela. Ao sair do ônibus, não reconheci ninguém. Nem a senhora que veio conosco do aeroporto, saltou aqui.

— Tem certeza? Deve ter saído sem que você visse.

— Pode ser. Mas ainda estou encucada.

— Deve ser pelo susto que levou ontem no avião. Stress pós traumático. Falou rindo.

— Não tem graça. Reclamou ela.

— Tudo bem, desculpe.

— Vamos tomar café. Ligar para os nossos filhos e seguir viagem. Insistiu ele.

— Não dá Raul. Tentei ligar para Val da recepção, e o número dela não existe. O do Hélio também. Estou te falando, Raul. Tem alguma coisa errada.

Raul pegou seu celular. Nada. A tela continuava escura.

— Tem mais. Ela falou. Fui à farmácia aqui perto, comprar um remédio para dor de cabeça. Paguei e não conferi o troco. Estava cismada e observando tudo a minha volta.

— Olha o troco que recebi...

Mostrou a Raul as cédulas. No meio delas tinha uma de R$ 10,00 com aquela parte plástica.

— Há quanto tempo você não vê uma destas?

— Parece que você foi enganada. Ele gracejou.

— Também pensei. Mas aí, fui à lanchonete, ao lado da farmácia e comprei um chocolate com a outra nota igual, que recebi junto. O balconista cobrou normalmente.

— Ok, Antonela. Conseguiu me convencer. Deixe-me conferir uma coisa aqui.

Ele tirou do bolso um bolinho de dinheiro. Estava dobradinho. Parecia troco também.

— Comprei remédio também.

— Não é possível. Ele ficou chocado.

Mostrou a Antonela uma cédula de R$ 1,00.

Terminado o café, foram direto para a recepção. A mesma coisa com os números do filho e da esposa.

— Já sei. Vou ligar para o escritório.

— Vocês trabalham no domingo? Ela perguntou.

— É verdade. Ele respondeu.

— Espere um pouco. Disse Antonela. Parece loucura. Mas quem sabe. Está tudo tão esquisito...

— O que você acha que é? Perguntou ele.

— Rapazinho. Ela se dirigiu ao recepcionista. Onde eu posso encontrar um jornal?

— Ali senhora. Apontou uma mesa no hall.

Ela foi rápido até a mesa. E então confirmou suas suspeitas.

— Olha a data Raul. 20/06/2005

— Antonela isto não é possível. Está errado. Não pode ser.

Os dois ficaram em estado de choque. Será que tinham voltado 15 anos no tempo? Isto seria possível. E se sim. Como aconteceu? E agora? Se fosse verdade o que fariam?

— Rapaz. Este jornal é de hoje? Perguntou ela ao recepcionista.

— Sim senhora. Eu mesmo o comprei.

Os dois ficaram se encarando. Então desta vez ela foi mais rápida.

— Raul. Vamos voltar para o quarto e decidir o que fazer.

— Espera. Ele precisava ter certeza. Olhe no jornal, hoje é segunda. Vou ligar para o escritório.

— E falar o que Raul? Socorro eu voltei no tempo? Ela meio que debochou dele.

Raul a ignorou e ligou assim mesmo.

— Alô? Posso falar com Dr. Raul?

Ela entendeu então que ele queria testar sua teoria.

— Diga que é um cliente. Não posso falar meu nome.

Ele recebia várias destas ligações por dia. Clientes que não queriam se expor.

— Alô bom dia. É Dr. Raul. Quem deseja falar?

Antonela viu a cor fugir do rosto de Raul.

— Não acredito. Não pode ser. É verdade.

Quem teve stress pós traumático agora hein moço? Pensou Antonela.

— Vamos Raul. Vamos para o quarto.

Parte 3 (Aceita que dói menos)

Raul ainda estava em negação. Não conseguia acreditar. Já Antonela, pensava o que faria com o presente de 50 anos.

Foram de volta para o quarto.

Sentado na cama, Raul olhou para ela e falou.

— Não acredito. Ligue a tv.

Olharam estarrecidos um jornal local dando notícias do dia 20/06/2005. E não era domingo, era segunda-feira.

Ele ainda tentou argumentar. Não queria aceitar. Então Antonela interveio.

— Raul, a pergunta que temos que nos fazer não é "se"? A pergunta que deve ser respondida é "por quê"? Tente lembrar o que aconteceu neste dia com você.

— Por que voltaríamos justamente para este dia? Pense bem. 35 anos.

Raul a encarou e perguntou.

— Você se lembra deste aniversário?

— 35 anos? Sim, ô se lembro. Como se fosse ontem.

Se lembrava mesmo. Um dia depois do tal aniversário do Gustavo. Foi ali que tudo começou a terminar.

Seu aniversário foi definitivamente horrível. Queria esquecer. Renato combinou toda a festa e não apareceu. Ela esperou por ele com a sogra, o irmão de Renato e a cunhada. Ficou sem saber o que fazer. Não se dava muito bem com eles. Do sogro ela até gostava, mas faleceu pouco depois do casamento...

Depois de passar o dia, providenciando tudo sozinha, e ainda cuidando da filha, Renato simplesmente não aparece na hora combinada, e nem atende o telefone.

Ela já estava louca. Ficou preocupada e implorou para o irmão dele procurar pelo marido. Só poderia ter acontecido algo.

Aconteceu sim. Foi numa despedida de solteiro de um amigo. Desmarcou com o pessoal e esqueceu de desmarcar com o irmão. Na verdade, achou que o irmão não apareceria. A esposa dele não gostava muito de Antonela mesmo.

Às vezes, Antonela achava que ele a odiava e fazia estas coisas para se vingar. Se vingar por ter sido obrigado a se casar com ela. Não tinha outra explicação.

Chegou trazido pelo irmão. Bêbado, sem presente, sem desculpas, e sem vergonha nenhuma.

Foi ela quem ficou com vergonha. E ódio, muito ódio. Como ele podia?

Depois deste dia Renato não teve mais controle. Foram mais traições, falta de dinheiro, brigas, muitas brigas e decepções, cada uma pior que a outra. Se pudesse saber...

Espere, ela podia saber.

— Acho que sei por que hoje. Pelo menos para mim. Disse ela animada.

— Vou mudar minha vida. Se for realmente possível?

— Como? Perguntou Raul ainda tonto pela descoberta.

— Um telefone. Só preciso disto.

Ligou para a recepção e perguntou se conseguiria um número de telefone do estado do Espírito Santo. Foi fácil. Deu o nome do marido e o endereço e o recepcionista conseguiu o número que ela precisava. Ela não lembrava mais. Trocaram tantas vezes...

Raul só a observava. Também se lembrava bem daquele aniversário. Foi o dia que descobriu que seria pai.

No começo da conversa foram só rosas. Mas ele tinha ficado sabendo de umas coisas, e questionou se a namorada sobre o bebê ser dele mesmo. Pronto tudo acabado. Para a relação com Elen e principalmente com o filho.

Se casaram por imposição do pai dela, e porque o próprio Raul esperava lucrar alguma coisa com o fato.

Idiota, arrogante. Não fazia ideia de como seu egoísmo e ambição trariam dor e sofrimento, não só para ele, mas para o filho também. Na verdade, foi sempre o que mais sofreu. Pelo rancor da mãe e pelo abandono do pai. Se pudesse mudar algo, seria isto.

Continuou observando Antonela.

— Espero que ela acredite. Quer dizer, que eu acredite. Cruzou os dedos.

— Alô, bom dia.

— Bom dia. Quem é?

— Desejo falar com Antonela.

A jovem Antonela gelou. Afinal seu marido havia sumido desde cedo e não conseguia falar com ele. Será que teria acontecido alguma tragédia? Antes fosse...

— É ela, pode falar.

— Pois bem Antonela. Preste atenção no que vou te falar. Vai parecer loucura. Mas preciso que acredite em tudo que vai ser dito a partir de agora.

Na verdade, "você" precisa acreditar no que eu vou te dizer.

— A senhora está me assustando.

Senhora? É verdade, agora era mesmo uma senhora. Continuou.

— Pode ser mais breve. Estou ocupada. Falou a jovem.

— Sim. Preparando uma festa de aniversário que não queria. E que sinto muito informar, será horrível. Mas você pode fazer diferente.

— Que brincadeira sem graça é esta? Foi o Renato que combinou isto, Para que eu cancele a festa?

— Se ele não queria a festa por que inventou? É só falar que eu cancelo.

— Querida. E se eu disser que sei de sua vida até o ano de 2020, e que quero te ajudar para que não sofra? O que você perguntaria?

— Quem é você?

A Antonela mais velha riu. Esqueceu que sempre foi muito cética.

— Digamos que sou uma amiga que quer lhe poupar um pouco de sofrimento.

— Vou desligar. Não tenho tempo para tolices.

— Se não acredita, me pergunte qualquer coisa. Algo que só você poderia saber?

Silêncio.

— Me diga então como foi minha primeira vez. Só eu sei disto.

É verdade. Nunca tive coragem de contar a ninguém. Fui violentada pelo homem que supostamente deveria me proteger.

— Está bem. Sua primeira vez, foi com 16 anos. Estava em casa sozinha e seu padrasto apareceu sem avisar. Você nunca gostou de ficar sozinha com ele. Ele era meio estranho.

— E aconteceu tão rápido, que você não teve nem tempo de reagir. Foi horrível.

— Mas, o pior mesmo foi ser ignorada e desacreditada por sua própria mãe. Ela preferiu acreditar no canalha, quando ele disse que foi seduzido.

— E foi assim que ficou sozinha de vez. Foi embora depois disto.

Mais silêncio. Antonela não gostava de se lembrar desta fase de sua vida.

Acho que é por isto que me apeguei a Renato. Foi o único que cuidou de mim. Por um pouco tempo é verdade. Mas era melhor do que não ter nada.

Agora ela tem certeza que não é bem assim.

A jovem Antonela finalmente falou.

— Estou ouvindo.

— Que bom que acreditou.

— Ontem no aniversário, a sua desconfiança? Não foi desconfiança, é a mais pura verdade. Você vai receber um telefonema da Josi na sexta-feira contando tudo. Todos os detalhes sórdidos.

— Se eu soubesse antes, teria desligado na cara dela. Não ajudou em nada. Nós continuaremos em negação até... parou de falar. E se prepare, o marido dela vai querer te usar para se vingar.

— Antonela preste atenção. Você precisa começar a pensar em seu futuro, e principalmente no futuro da Val. É ela quem mais vai sofrer por você aceitar a sugestão de Renato de não trabalhar fora. Tem que conseguir um trabalho logo.

— Por que não começa com nossa amiga no negócio de fotografia? Nós gostamos tanto.

— E depois vai ser o que faremos mesmo...

Ainda silêncio.

— Renato vai abandonar vocês duas no ano de 2015. Vai te deixar falida e sem casa. Ele vai dar um jeito de vender a casa com seu consentimento. Só que você nunca vai ver o dinheiro da casa.

— Ah! E quanto a festa de hoje, não perca seu tempo. Só seu cunhado virá com a esposa e sua sogra. Renato desconvidou todos e foi para uma despedida de solteiro de um amigo.

— Ele quer que você continue acreditando que ninguém se importa com você. Que só ele te ama e cuida de você.

— Seu cunhado vai encontrá-lo em um boteco sujo, totalmente bêbado. E amanhã, como sempre não pedirá desculpas e ainda dirá que você é a culpada. Como sempre.

— Por favor Antonela, pela Val, acorda. Ela te ama muito. Vocês só têm uma a outra. Não a abandone por causa daquele projeto de homem.

A jovem então finalmente falou.

— Obrigada senhora. Fico feliz por ter uma segunda chance. Se é que tudo isto é verdade.

— Querida, olhe para a Val agora. Ela está com aquele vestidinho que você fez para ela com tanto carinho. O rosa de coraçõezinhos vermelhos.

— Feliz aniversário querida. Falou a Antonela mais velha.

— Qual o seu nome senhora? Perguntou a mais jovem.

— Antonela querida.

Raul ouviu toda a conversa. Não sabia o que pensar. Como uma mulher podia aceitar tantas humilhações e ainda continuar firme. Elen sempre teve tudo, e por qualquer coisinha, perdia o equilíbrio emocional. Ele nunca tinha conhecido ninguém assim.

— Bem Raul. Acho que agora é sua vez. Vou sair do quarto para te deixar mais à vontade. Ela falou.

— Você realmente acha que meu "eu" de 35 anos vai acreditar numa história destas. Sou um estúpido arrogante à esta altura. Sou homem, não acredito em fadas.

— Eu também não. Por isto as coisas mais dolorosas e os detalhes. No caso os detalhes são o mais importante, eles são o segredo.

— Boa sorte. Vou sair para que fique mais a vontade.

Raul ligou e se preparou para falar com ele mesmo com 35 anos. Um patife, egoísta e arrogante.

— Escritório de advocacia bom dia. Camila falando.

Se lembrava dela. Dormiu com ela nesta mesma noite, com raiva de Elen. Quantos problemas teria com ela. Se pudesse evitar...

— Bom dia Camila. Posso falar com o Dr. Raul?

— E quem deseja falar com ele?

— Por favor, diga a ele que não posso me identificar.

Alguns minutos depois.

— Dr. Raul falando.

Ele travou, não conseguia. Eu não vou acreditar...

Neste momento a porta se abriu.

— Desculpe. Esqueci minha bolsa. Falou Antonela sem graça.

— Ótimo.

Entregou o telefone na mão dela.

— Fale você com ele. Não vai acreditar em mim.

— Alô. Vou desligar. Disse o jovem Raul.

— Espere, espere um momento por favor. Antonela falou com o jovem.

Como ia fazer com que ele acreditasse nela... já sei. Fez sinal para o Raul mais velho prestar atenção no que ia falar.

— Raul? Alguém que você amou muito e partiu, precisa lhe falar.

— Está brincando comigo senhora?

O mais velho logo entendeu o que Antonela ia tentar.

— Vó Carmem. Disse baixinho.

— Não meu jovem. Não estou brincando.

— Sua avó Carmem quer lhe falar algo muito importante. Ela disse que é seu presente de 35 anos.

— Senhora. Não estou gostando da brincadeira. Fale a quem começou com isto, que é melhor parar. Não tem graça nenhuma brincar com os mortos.

— Eu sei querido. Não estou brincando. Nunca faria isto.

— Vou desligar agora.

Fez sinal para o mais velho.

— Fala alguma coisa. Disse baixinho tapando o fone.

— Diz a ele que ganhou uma bicicleta no aniversário de 10 anos.

— É sério Raul? Vou desligar.

Assentiu. Ficou constrangido, mas não via outra opção. Além disto, Antonela se abriu na frente dele sem nenhum pudor.

— Quando fez 15 anos...

— Raul, ela está me falando de seu aniversário de 15 anos.

Silêncio.

— Está me falando que seu pai e seu avô te deram um presente que você odiou.

— E que presente eles me deram? Ela falou?

— Ela quer saber se você quer que eu saiba.

— Não tem problema, foi a muito tempo.

— Está bem. Eles te levaram em um prostíbulo de moças muito finas, com mulheres belíssimas e caras.

— Você ficou tão constrangido, que não conseguiu sequer conversar com a moça. Você a pagou e pediu para que ela não contasse para os dois.

— Sua avó está me dizendo que você só contou a ela, a verdade. Nunca falou com mais ninguém.

Ouviu uma respiração profunda do outro lado da linha. Acho que ele acreditou.

— Pois bem senhora.

— Antonela, meu nome é Antonela.

— Pois bem senhora Antonela. O que tem para me contar.

— Você foi assediado hoje pela Camila, secretária do escritório. Agora não te interessou. Mas depois de seu almoço com Elen, você vai acabar aceitando.

— Não faça isto. Ela vai te trazer muitos transtornos. Sua vida com sua namorada e seu futuro sogro vai piorar miseravelmente.

— Você vai ser deixado de lado por meses. No escritório quero dizer.

— Só isto senhora? Ele queria desligar logo.

— Não querido, tem algo mais importante. No almoço de hoje, sua namorada vai te contar algo muito, muito importante.

— Pode falar Antonela. Insistiu o Raul mais velho.

— Fique quieto. Me deixa falar. Ela pediu.

— Senhora Antonela o que foi?

— Nada. É que "dona Carmem" está falando muita coisa, muito rápido...

O Raul mais velho riu. Antonela não prestou atenção.

— Bom, afinal acho que é a vó Carmem mesmo. Disse o jovem rindo também.

— Que coisa é esta senhora?

— É surpresa. Uma boa surpresa. Mas você vai questionar. Vai deixá-la frustrada e triste. E por sua dúvida, vai sofrer por toda sua vida com ela.

— Acredite nela Raul. Ela te ama de verdade. Insistiu Antonela.

— Está bem senhora Antonela. Agora é só?

— Sim. Feliz aniversário querido. Tenha uma boa vida. Desligou.

— Você mentiu para ele. Ela não o ama. Não me ama. Disse Raul.

— Será que não começou aí, a briga de vocês? Ela perguntou.

— Não tinha briga Antonela. Só interesses.

— Pelo menos assim um vai tentar não é mesmo Raul?

Ele olhou sério para ela e falou.

— Puxa vida Antonela. Até eu acreditei na versão de "Ghost" que você criou. Você foi perfeita.

Começaram a rir.

— Tomara que dê certo. Ela falou apreensiva.

— E agora? O que faremos? Perguntou Raul.

— Sei lá. Não conheço nada aqui. Falou ela.

Raul olhou para o relógio.

— Que tal almoçar?

— Boa ideia. Estou faminta.

Vou me trocar ela falou.

Ele na verdade tinha segundas intenções. Queria conferir se o jovem patife se comportaria bem.

Levou Antonela ao mesmo restaurante. E acabou falando o porquê. Não conseguiu esconder. Ela ficou animada e ansiosa.

— Se algo der errado, madame Antonela entra em ação. Riram de novo.

É tão fácil conversar com ele. Pensou ela. Por que não era assim com Renato?

Ficou triste. Amava o marido. De verdade, queria que desse certo. Como queria. Quem sabe agora, ele respeitaria a nova Antonela?

Raul também tinha a mesma expectativa. Queria que seu casamento desse certo. Afinal ele também amava a esposa. De verdade.

Se sentaram em uma mesa mais afastada para observar o jovem casal. Espantoso!!!

Deu certo. Quando Elen deu a notícia, viram o jovem Raul abraçá-la e beijá-la apaixonadamente.

— Deu certo. Falou Raul.

— Que bom. Acho que agora voltaremos para casa enfim.

Passearam pela cidade. Ela conheceu o palácio de cristal que era seu sonho. Riram, se divertiram. Eles gostavam das mesmas músicas, filmes e outros tipos de coisas. Combinavam em muitas coisas...

Voltaram para o hotel já bem tarde da noite. Jantaram no quarto e assistiram o jornal. Como riram. Das roupas, dos cabelos...

Antonela acordou mais animada. Ia finalmente encontrar a filha.

Se trocou, arrumou a mala. Quando saia para tomar café, se lembrou do celular.

Droga. Nada ainda. Sentou na cama respirou fundo e tentou se lembrar de seu aniversário. O que tinha feito de errado?

Nada. Desmarcou com o cunhado. Inventou uma desculpa qualquer. Foi comemorar o aniversário com Valquíria. Passaram o dia no shopping. Foi ótimo.

À noite, Renato chegou ainda mais tarde do que ela tinha ouvido da outra Antonela. Não teve o irmão para procurá-lo. Estava bêbado e falava muitas barbaridades sobre ela não ser amada por ninguém. Que era esquisita, e que as pessoas só a aceitavam por causa dele. E várias outras barbaridades. Precisava ouvir isto para acreditar na mulher do telefone.

Na sexta-feira, quando recebeu o tal telefonema da Josi, fez exatamente o que foi aconselhada. Desligou na cara dela. Para a sua sorte, Renato estava em casa. E quando a fulana insistiu muito, ela passou para o marido e disse que era para ele. Saiu de perto. Ficou ouvindo de longe. Canalha, como pode. Depois do telefonema, ficou manso por um tempo.

Ela sentiu nojo do marido. Como deixaria tocá-la de novo? Aproveitou o ocorrido para conseguir o tal emprego de fotógrafa, e disse ao marido que não podia mais tomar pílulas, deveriam usar preservativos de agora em diante. Ele desconfiou, mas não falou nada.

Se iludiu demais. 5 anos depois, continuavam as traições, as humilhações. Tudo do mesmo jeito. E também a fuga e a casa vendida.

Podia mudar isto. Como ele conseguiu a assinatura dela? Como foi? Não conseguia se lembrar...

Ah! Outra descoberta. Renato fizera vasectomia sem que ela soubesse. Não era para ela com certeza. Mas continuava munida de preservativos. Não confiava mais nele. Descobriu o fato através de um recibo médico que encontrou nas coisas dele sem querer.

— Droga. Que droga. Disse ela irritada.

— Que foi mulher? Perguntou Raul acordando assustado.

— Desculpe Raul. Não deu certo...

Parte 4 (Nova tentativa)

Antonela pegou o telefone e se preparou para uma nova ligação. Olhou para Raul e falou.

— Espero que agora dê certo...

— Alô?

— Bom dia. Posso falar com Antonela?

— É ela.

— Ei Antonela. Sou eu, Antonela. Lembra-se de mim?

— Oi. Te esperei por 5 anos. Precisava de sua ajuda. Onde estava?

— Querida, não é assim que funciona. Não tenho o controle.

— O que tem pra mim este ano então? Perguntou a jovem.

— Bem conseguimos mudar algumas coisas. Mas...

— Mas o que Antonela? Perguntou irritada a jovem.

— Continuamos sem casa, o Renato foi embora e ainda temos pouco dinheiro.

— Droga Antonela. Como ele conseguiu vender nossa casa?

A mais velha acabou descobrindo como.

— Hoje, ele vai aparecer com uma papelada.

— Quer trocar nosso casebre por um apartamento na praia. Tudo que nós queríamos, não é?

— Vai trazer um espumante que você tanto gosta para comemorar as duas coisas.

— Os papéis são para uma procuração sua para ele. Com esta procuração, ele terá como transferir a casa para o nome dele e vendê-la sem precisar te consultar. Ele dirá que é preciso, para a venda.

— Com este documento ele vai conseguir o divórcio sem seu consentimento. Mas se eu pudesse voltar atrás assinaria logo os papéis do divórcio.

— Sim, ele vai trazer também estes papéis. Assine vai. Seja esperta e se livre deste verme. Assine o divórcio e fique com a casa.

— Se não assinar o divórcio ele consegue com a procuração. E vende a casa quando for embora. Você e Val serão despejadas de sua casa, se você não fizer nada.

— Sério?

— Sim. Sinto muito.

— Canalha. Como ainda sinto alguma coisa por ele?

— E você? Ainda sente algo por ele, mesmo depois de tudo isto Antonela? Perguntou a jovem.

Olhou para Raul. Um homem com quem tinha se identificado tanto. Havia uma esperança para ela. Não com ele talvez. Mas podia encontrar alguém, ainda...

— Não. Não mais. Ele não vai mudar. Melhor abrir mão, e ser feliz de outra forma. Respondeu sinceramente.

— Sei. Bem vou ver o que posso fazer. Obrigada Antonela.

— Feliz aniversário querida, e boa sorte.

Esperava que desse certo agora.

— E você Raul? O que acontece em 2010 para ser importante pra você?

Ele olhou pra mulher e tentou se lembrar. 40 anos.

Sua festa foi à noite. Não tinha o que festejar. Sua vida era exatamente igual. Só o relacionamento com o filho, que agora fazia valer a pena viver. Melhorou muito. Mas todo o resto? Era ainda pior. Antes achava que ele era o responsável. Agora tinha certeza que Elen era a responsável.

— Acho que só mais do mesmo. Não tem mais nada que queira mudar.

— Tem certeza Raul?

— Sim eu tenho.

— Ok então. Vamos dar uma volta? Perguntou ela.

Saíram para almoçar. Tinham que economizar. Não sabiam se daria certo agora.

Foram à um shopping lanchar. Antonela adorava.

Sentados comendo, ela começou a puxar assunto. Viu que ele estava chateado.

— Hein? Me diz. Com quantos anos você entra como sócio no escritório?

— Ano nenhum, disse ele. E continuou a comer de cabeça baixa.

— Assinei um acordo pré-nupcial que me dá a sociedade quando Elen completar 40 anos se eu ainda estiver casado com ela.

— Quando é isto?

— Daqui a 5 anos. 2015

Agora Antonela entendia o porquê de Raul aceitar tantas coisas assim.

— O acordo te obriga a trabalhar lá? Neste escritório?

— Como assim?

— Você pode simplesmente sair de lá e trabalhar em outro lugar?

—Sim. Posso sair a hora que quiser. Só não posso levar meus clientes.

— Como assim?

— Teria que sair e deixar os clientes para a firma.

— Sei. Mas e se seus clientes quisessem te seguir?

— Eles podem. Só não posso avisá-los entendeu?

— Entendo. Disse ela pensativa.

— Raul, pense bem. Ano de 2010. Você não foi convidado ou assediado por alguém de outra firma? Uma firma que está começando agora e vai ser grande?

— Por que isto agora Antonela?

— Plano B. nunca pensou em um?

— Você pode começar pequeno com ele e ficar grande. Até maior que seu sogro. Não?

Ele ficou pensativo por um tempo. Depois falou sorrindo.

— Credo Antonela. Será que você realmente enxerga o além?

Ela deu de ombros.

— Sabe o que é? Hoje à noite, no meu aniversário, vou receber a proposta de um amigo de faculdade que cansou de esperar pelo pai. Vai começar o seu próprio escritório.

— Vai se tornar um gigante, e só clientes idôneos. Diferente do pai dele e de meu sogro.

— A que horas vai ser a festa? Perguntou ela.

— Depois da 8:00.

— É na sua casa?

— Não. No sítio do meu sogro.

— Tem telefone lá?

— Tem sim.

— Parece que descobriu meu motivo não é mesmo? Ele falou.

— Então vamos fazer logo. Falou Antonela animada.

— Ainda não. Ficou sério.

— Neste momento estou no hospital com Elen. Ela acaba de sofrer um aborto.

— Que triste. E ainda assim resolveram comemorar seu aniversário? Perguntou chocada.

— Esta é a Elen. Não deixa nada atrapalhar seus planos. Me proibiu de contar a quem quer que fosse. Nem os pais dela souberam.

— Depois descobri o porquê. Não era meu. Ela mesmo deu um jeito.

— Que horror Raul. Me desculpe, mas sua esposa não é uma boa pessoa. Assim como o meu marido. Onde fomos nos meter?

— Parece que temos mais em comum do que pensávamos? Falou ele.

Voltaram com calma para o hotel. Conversaram sobre vários assuntos até dar a hora para a ligação.

— Vamos Antonela. Já pode ligar. Estou sozinho no quarto agora. Acabei de ligar para o meu pai.

Ela se preparou para esta difícil ligação.

— Alô?

— Boa noite Raul. É Antonela, lembra-se de mim?

— Sim, claro. O fantasma do futuro?

— Engraçado. Eu mesma.

— O que tem para mim hoje? As outras dicas não deram muito certo.

— Será?

— Como é seu relacionamento com o Leonardo?

— Ótimo.

— Então algo deu certo...

Ele respirou.

— Está bem. Fale o que tem para hoje?

Foi falando conforme o Raul mais velho ia ditando. Sobre a proposta do amigo, que ele devia aceitar, senão morreria de raiva antes de ser sócio do sogro.

Explicou como o jovem deveria fazer para não entrar numa situação difícil.

O jovem prestou atenção em cada detalhe. Não aguentava mais viver naquela família. O problema era o filho. Teria que esperar mais um pouco.

Deixou as más notícias para o final. Ele precisava saber. Estava se culpando pelo bebê.

— Raul. Como se sente? Pelo bebê que a Elen perdeu hoje?

Silêncio.

— Me sinto culpado.

— Por quê? Ela perguntou.

— Eu não a amo mais. Tentei de tudo. Lembrava sempre do que você me falara. Mas não adiantou. Sinto que fui castigado.

— Não é bem isto.

— É sim Antonela. Eu sou horrível. Elen tem razão de não me querer mais.

— Não precisa acreditar em mim, olhe o celular de Elen. A resposta está lá. Você só descobriria na próxima semana. Mas para que esperar. Aproveite que o celular dela está do seu lado.

— Sinto muito querido.

Ele olhou para a mesa de cabeceira e viu o celular da esposa em cima. Esquecido.

— Mas não se preocupe, você vai encontrar alguém que te ame e respeite. Feliz aniversário Raul.

— Obrigado Antonela.

O jovem correu para o celular da esposa. E lá estava uma mensagem que jogou suas esperanças ladeira abaixo.

"Querido, já está tudo resolvido. Raul nem desconfia. Aproveitei para não ser mais "mulher" dele. Agora sou só sua. Te amo."

Era uma mensagem para Rogério, outro funcionário da firma.

Raul e Antonela ficaram por ali mesmo e pediram serviço de quarto. Estavam cansados, só queriam ir para casa.

Quando já era quase meia noite, o telefone do quarto tocou. Antonela ainda estava acordada.

Meu Deus. Quem será?

— Alô?

— Antonela? Era o jovem Raul.

— Oi. Como me encontrou Raul? E por quê?

— Antonela. Só preciso de uma resposta sincera.

— Pode perguntar querido.

— Se eu decidir continuar com a Elen, tem alguma chance de melhorar?

Silêncio. Ela olhou para ele mais velho deitado à sua frente. Como parecia sofrido de tanto tentar, como ela.

— Sabe Raul. Te vejo em seu aniversário de 50 anos, tentando mudar muitas coisas de sua vida. Tentando fazer dar certo com ela. Mas até aqui, só mais do mesmo. Não sei depois. Então não posso afirmar isto.

— Você a ama? Ela perguntou.

— Não sei mais. Ele respondeu.

— Tem que ser sua decisão querido. Não posso te ajudar com isto.

Ele desligou o telefone. Ela se sentiu mal por ele. Mas não podia interferir.

Se deitou. Não conseguia dormir, só chorar. Como os dois tinham caído ao lado de pessoas tão egoístas e arrogantes, verdadeiros campos minados.

E pior. Como podiam ainda amar estas pessoas pensando em continuar vivendo com eles?

Ou eram loucos ou doentes. Ou os dois.

Só conseguiu dormir depois de chorar muito. Não conseguiu mais se conter. Quanto descaso pelo outro. Raul lhe disse o que estava escrito no torpedo que leu da esposa. O tal Rogério, um homem que apareceu do nada e já tinha a proposta de ser sócio do escritório. Ele sabia que era puro interesse. O plano B dela. Tinha se cansado. Se não desse certo desta vez, não ia mais se esforçar. Já tinha feito todo possível.

No outro dia, Antonela acordou antes como sempre. Só que desta vez não se levantou. Ficou deitada tentando lembrar do aniversário de 40 anos.

Renato bem que tentou embebedá-la, mas como tinha sido avisada, não colou. Depois de dar a esposa quase toda a garrafa de espumante, sacou de sua pasta um envelope, e tentou fazer com que assinasse os papéis. Canalha. Ela ainda tinha dúvidas?

Assinou os papéis do divórcio primeiro, como ele quis. E o outro, ela bagunçou tudo, fingindo embriagues e sono. Sujou de espumante. Passou batom, tentou desmanchar a assinatura errada e rasgou um pedaço do papel. O marido entrou em desespero. Deu dó de ver.

Só que não.

— Desculpe querido. Amanhã você me traz outro. Me desculpe, estou com sono...Dormiu o sono dos justos.

Enfim. Ele conseguiu o divórcio. A casa não. Quando ele sumiu, não conseguiu vendê-la. Mas entrou na justiça para impedir que a esposa vendesse, caso quisesse. Requereu a parte em juízo.

E foi assim que ela e valquíria ficaram com a casa. Não pretendia vendê-la mesmo. Mas aí a Val se casou. E agora ela estava com o imóvel preso.

Que droga. Isto não muda nunca?

Pelo menos a mais jovem tomou a rédea da própria vida e deu uma vida melhor para filha. Não houve desespero e nem tanto sofrimento. Na verdade, foi até melhor, no fim das contas.

Tinha trabalho, casa, respeito da filha, tinha amigos. Tudo que antes não possuía. Bem melhor.

Quanto ao Renato, não o queria mais. Nunca mais, chega, acabou.

Respirou fundo se levantou e se preparou para o café da manhã.

Desta vez não arrumou mais a mala. E acabou encontrando no fundo dela, sua primeira máquina fotográfica. Comprada com tanto sacrifício.

Ela a adorava. As fotos saíam simplesmente lindas. Aproveitaria para fazer umas hoje. Ia passear e registrar tudo. Sem telefonemas, chega.

Levantou sua velha máquina e a admirou orgulhosa.

— Finalmente Antonela, estou orgulhosa. Fotógrafa hein?

Raul que acabara de acordar lhe perguntou.

— Como é?

— Desculpe Raul. Pensei alto de novo. Sorriu.

— Acabei de descobrir que sou uma excelente fotógrafa. Muito requisitada. Meu sonho realizado.

Mostrou a ele a câmera toda orgulhosa.

— Bom, parece que você conseguiu. Falou ele.

— Sim. É verdade. E você?

Ele ficou um tempo pensando. O mesmo de Antonela. Profissionalmente foi ótimo. Mas o casamento acabou no outro ano. Só esperou estar melhor financeiramente. Fez tudo às escondidas, como Antonela sugerira. Deu tudo certo. Quando avisou ao sogro que queria o divórcio, ele tentou se valer da sociedade. Não funcionou. Raul já tinha um nome fora da firma. Ele teve que aceitar.

Quanto a filha dele, ele que se preocupe.

Elen ficou tão descontrolada, que Leonardo quis morar com o pai, pelo menos ele era mais discreto.

Respondendo a Antonela.

— Bem. Sou sócio do Marcelo agora. Um sucesso.

— Meu filho mora comigo. Mas o casamento... este acabou de vez.

— É. O mesmo para mim. Em que ano nós estamos? Perguntou ela.

— Não sei. Respondeu ele meio em dúvida.

— Cansei Raul. Não tenho mais nada para mudar. Vou me divertir hoje sem compromisso com mais nada.

— Vou sair. Fotografar a cidade. Conhecer lugares bonitos e registrá-los. Só isto.

— Hoje sou Antonela a turista. Disse e sacou a câmera sorrindo.

Raul se levantou e falou animado.

— Você está certa. Não há mais o que fazer. Vamos curtir.

Tomaram café, alugaram um carro e saíram pela cidade a turistar (existe esta palavra?) Antonela mesmo riu da palavra que criara.

De todos, foi o melhor dia. Raul era um ótimo guia. Conhecia bem a cidade. Os pontos turísticos mais famosos, e os que não eram famosos também. As fotos iriam ficar lindas.

Voltaram ao jardim botânico. Era o lugar que ela mais queria fotografar. Esperou uma certa hora do dia por causa do jogo de luz e sombra. Queria fotos surreais.

Ela tirou algumas fotos do local, depois falou com ele.

— Raul. Escolhe um lugar de que goste, vou fazer uma foto sua.

— Está bem.

Ele se posicionou e ela tirou. Depois, fez o mesmo, escolheu um lugar que tinha gostado muito e pediu para que ele tirasse a foto.

Um casal que a muito os observava se aproximou e se ofereceu para tirar uma foto dos dois juntos. Ficaram meio sem graça. Eles não eram um casal.

Mas quem se importa? Eram companheiros de viagem.

Fizeram a pose. Horrível. Um do lado do outro. Pareciam estátuas. De dar dó. A senhora não se conteve.

— Meu filho abraça sua esposa. Dá um beijo nela. Anda, anda logo. Vocês formam um casal tão bonito.

Ficaram desconcertados. Mas a senhora insistiu tanto que fizeram só para sair logo dali.

A primeira, os dois abraçados como um casal. Ela na frente dele, abraçados.

A segunda, ah a segunda. Eles se beijaram. E não foi um beijinho. Se empolgaram tanto, que esqueceram da foto, até que ouviram.

— Esta foto vai ficar linda. A senhora falou animada.

O casal mais velho deu os parabéns por formarem um casal tão bonito e foram embora.

Já escurecia. Acharam melhor voltar para o hotel. Dentro do carro um silêncio sepulcral. Nenhum dos dois tinha coragem de falar nada.

Preferiram jantar antes de subir. O silêncio continuou. Nem se olhavam, tamanho era o incomodo que sentiam pelos acontecimentos no jardim botânico.

Foram para o quarto. Antonela se preparou primeiro para dormir. Se deitou enquanto Raul tomava banho. Queria dormir antes dele terminar. Não foi muito bem-sucedida.

Raul saiu do banho e Antonela ficou contemplando o homem que era seu companheiro de quarto.

Que homem. E ele nem é mais casado Antonela. Nem você. O que tem de mais?

Até parece. Ele vai me querer sim? Advogado de sucesso. Vai se interessar por uma simples fotógrafa? A vai sim.

Fechou os olhos. Sentiu que estava sendo examinada. Abriu os olhos e ele estava sentado na cama à sua frente, olhando para ela.

— Não posso acreditar que você não sentiu nada com aquele beijo. Ele falou um pouco decepcionado.

Ela se sentou na cama. O encarou, pensando no que ia responder. Droga Antonela. O que você tem a perder? Se joga mulher.

Se levantou, foi em direção a ele e literalmente se jogou. Seja o que tiver que ser. Estou aqui mesmo...

Antonela teve certeza que era um sonho. Não podia ser tão bom assim. Pensou.

Um tempo depois Raul olhava para o teto pensando...

— O que foi Raul? Se arrependeu? Perguntou ela preocupada.

Olhou pra ela. A beijou de novo e disse.

— Aquele casal que tirou nossa foto. Não parecia conhecido?

— Você também achou? Pensei que tinha sido só eu.

Ela continuou.

— Tentei me lembrar de onde os conhecia. Mas não consegui. Por isto não falei nada.

— Sabe Antonela. Se eles não tivessem sugerido o beijo naquela hora eu o faria quando chegássemos aqui no quarto.

— Melhor dizendo. Eu roubaria de você.

— É mesmo? Ela se sentiu poderosa.

— Mas eles eram muito estranhos. Ficavam olhando para nós e sorrindo...

— Estranhos muito estranhos. Bom, estamos num mundo estranho. Deixa para lá. Vamos continuar o que estávamos fazendo que é melhor. Ele sugeriu.

E continuaram. Até o sono chegar.

Enfim, 2015, aniversário de 45 anos, foi ótimo.

E agora?

Parte 5 (O resultado)

Antonela abriu os olhos. Ficou em choque. Ainda estava no avião. Como assim? Tinha sido tudo um sonho?

Pegou o celular e ainda funcionava. Droga. Tinha sido mesmo um sonho. Como ela era sonhadora. Olhou para o homem sentado a seu lado. Ele também dormia. Que pena. Era mesmo uma pena.

Bem, para ser bom daquele jeito, só podia ser um sonho mesmo...

Antonela encontrar o amor de sua vida numa história tipo "Em algum lugar do passado". Não é tão sortuda assim. Infelizmente. Continuou olhando para o homem. Que pena, que pena.

Ouviu uma voz metálica anunciando que pousariam em poucos minutos na cidade de Curitiba. Enfim foi uma viagem tranquila. Tão tranquila que tinha até sonhado. Droga, droga. Puxa vida.

Esperou que todos saíssem para depois entrar na fila. Não gostava de empurra, empurra.

Era mentira. Não queria dar de cara com o homem. Provavelmente se jogaria nos braços dele. Coitada de você Antonela. Quanta carência. Mas bem que podia ter sido verdade. Que pena, que pena.

No saguão, encontrou a senhorinha do sonho. A que a levou até o ônibus. Ela também estava no voo. Passou ao seu lado e ela sorriu para Antonela. Antonela devolveu o sorriso. A senhora parou um minuto como se estivesse esperando alguém. Quando Antonela parou perto dela, a senhora segurou em seu braço e falou.

— Querida. Nunca duvide de seus sonhos. NUNCA. Boa sorte.

Neste momento Antonela avistou valquíria e Hélio vindo em sua direção. Quando olhou de novo procurando pela senhora, ela tinha desaparecido.

— Mãe. Estava morrendo de saudades.

— Eu também querida.

Se abraçaram e foram direto para o estacionamento. Quando entrou no carro, ouviu uma voz conhecida.

— Leo, onde está o carro? Eu dirijo na volta. Não vou deixar seu avô me levar...

Todas as suas células tremeram. Meu Deus, esta voz, esta voz.

Ao mesmo tempo seu genro se virou e falou.

— Leonardo. Você aqui também?

— É Hélio. Vim com meu avô, buscar meu pai.

— Pai. Este é Hélio, a esposa dele tem me ajudado com a matemática.

— Prazer Hélio. Me chamo Raul.

Raul. Pai de Leonardo. A mesma voz. Não, não é possível. Para de sonhar Antonela. Pare agora mesmo.

— Eu vim buscar minha sogra. Hélio abriu a janela de onde Antonela estava.

Ela deu um tchauzinho meio constrangido.

— Prazer Leonardo. Me chamo Antonela.

Quando ela disse seu nome, Raul entrava no carro. Parou, olhou para ela como se tivesse se lembrando de algo. Balançou a cabeça como quem diz. Não pode ser.

— Bem Leo. Parece que os velhos estão com pressa. Vamos antes que apanhemos. Gracejou Hélio.

— Pois é. Amanhã a gente se vê. Onde está a Val?

Ela levantou do banco do carona e mandou um beijo para ele.

— Até amanhã Léo. Já fez as listas que te passei?

— Já sim. Tchau Valquíria. Disse Leo.

— Tchau Leo.

Sentada no carro, Antonela olhou para sua mão esquerda. Sem sinal de aliança. Como assim?

Algumas semanas depois, Antonela já estava em sua própria casa. Alugou uma mais longe da confusão. Em um bairro mais calmo do que o da filha. Não era muito longe.

Ainda não tinha desarrumado toda a mala. Deixou para fazer isto quando fosse arrumar seu quarto. Era muito lenta. Gostava de tudo organizado. E demorava muito, pelos seus métodos.

Sua filha dizia que ela tinha TOC. Não era verdade. Gostava de arrumar as coisas só uma vez. Depois era só manter. Muito mais inteligente. Conseguia achar suas coisas no escuro.

Aquele dia começaria arrumar o seu quarto. Já tinha arrumado cozinha, sala de estar e estúdio. Primeiro a obrigação. Ainda não tinha começado a trabalhar. Mas já tinha uma entrevista de emprego agendada.

Não podia ficar muito tempo parada. Tempo é dinheiro. Tudo bem que sua casa estava alugada, mas tinha medo de Renato aprontar mais uma das suas. Não era impossível.

Foi na cozinha fez um café e voltou para o quarto. Antonela, primeiro a mala. Só tinha tirado a roupa suja dela, nada mais. Quando abriu o zíper, o perfume que subiu, a deixou tonta. Lhe trouxe Raul a memória. Seu cheiro, seu gosto. Não acreditava que fora apenas um sonho. Viu sua câmera preferida. É mesmo. Olhou e constatou que tinha um filme nela e quase terminado. Vou terminar de tirar as fotos para revelar o filme. Ela não se conformava com o sonho.

Seu telefone tocou.

— Mãe. Preciso de sua ajuda.

— O que foi Val? O que houve?

— Amanhã é aniversário do Hélio. Não íamos fazer nada. A gente ia jantar fora. Só que os amigos resolveram comemorar aqui em casa. Socorro mãe. Estou desesperada.

— Ok, Val. Amanhã cedo vou até aí te ajudar.

— Obrigada mãe. Te amo. Desligou

Ah Val. Olhou para a câmera. Vai ter que esperar...

No outro dia foi cedo para a casa da filha. Fizeram comida de boteco. Algo que Antonela era especialista. Fez bolo o também e docinhos, muitos docinhos. Val estava com desejo. Falou rindo pra mãe.

— Sei. Se eu fizer docinho todo dia para você, come sozinha. Cuidado para não engordar muito.

Beijou a filha com carinho.

— Mãe, estou tão feliz. O Hélio é tão diferente do papai.

— Ainda bem. Falou sério a mãe. Se fosse igual, eu não deixava casar.

— Mãe. E você? Não pensa em arranjar alguém?

— Querida, os homens de minha idade querem garotas. E os mais novos, querem mulheres ricas.

— Antes só do que mal acompanhada, não é mesmo?

— Eu tenho certeza que você vai encontrar um homem legal aqui. A filha a consolou.

Antonela foi intimada a ficar para a festa. Não queria, mas acabou ficando para ajudar a filha.

Dias depois, chegou o dia da entrevista para o emprego. Aproveitou para levar a câmera. Tinha uma loja perto do prédio onde seria a entrevista.

Antonela estava nervosa com a entrevista. Precisava do emprego. Suas economias já estavam chegando ao fim. E só o aluguel que estava recebendo não era suficiente.

Foi de ônibus. Não correria o risco de dirigir nervosa em uma cidade que não conhecia direito.

Andando pelo centro, se lembrou do sonho. Que pena que foi só um sonho. Coitada, quando se tratava de sorte, não era com ela. Em se tratando de homem então. Piorou.

Vou desistir do amor definitivamente. Melhor assim. Mas sonhar ainda é permitido... Não melhor não. Chega.

Parou em frente ao edifício onde trabalharia se conseguisse se sair bem. Adivinhem. Perto do hotel do sonho. Ai chega. Vou parar de pensar nisto. Era muita coincidência junto. E ela não acreditava em coincidências. Então deixa rolar, pensou.

Entrou no elevador com seu portfólio em frente ao peito. Sempre o usava como escudo em elevadores. Não gostava de ninguém se esfregando nela. Era uma boa estratégia.

A entrevista foi ótima. A dona da empresa era uma senhora, que tinha começado nos negócios já tarde, quando ficou viúva e sem renda. Também tinha uma filha como Antonela. As duas se identificaram muito uma com a outra.

Antonela foi bem na entrevista. Foi sincera ao responder todas as perguntas que a senhora fez.

Era um livro aberto. Não conseguia ser diferente. Achava até que era um defeito. Um grande defeito. Ficava muito exposta.

Dona Margo amou o trabalho de Antonela. Achou melhor que ela ficasse com o estúdio. Fotos de grávidas crianças, estas coisas. Antonela adorou, não teria que participar de eventos. Ela era eremita, não gostava de muita gente, lembram? Foi contratada. Viria no outro dia substituir uma funcionária que acabara de dar à luz. Sorte de Antonela.

Entrou no elevador enviando uma mensagem para a filha. Avisando que tinha conseguido o emprego. Estava orgulhosa de si mesma.

Guardou o celular e colocou seu escudo no lugar. De repente sentiu um perfume conhecido. Não. Não pode ser. Levantou a cabeça e lá estava ele. Raul, o lindo, o maravilhoso, o gostoso. Meu Deus, o tudo de bom.

O que ele faz aqui? Ficou curiosa. Será que o escritório dele é aqui? Outra coincidência? Não mesmo.

Manteve a cabeça baixa. Não queria que ele a visse.

Por que mesmo?

Todos saíram do elevador, ela se afastou um pouco e ficou observando o homem de longe. Um carro o esperava fora do prédio. Seu filho estava no banco de trás e no banco do carona, um senhor muito parecido com os dois. Devia ser o pai de Raul. Gente Val o conhece. Por que nunca perguntei nada a ela? Por quê?

Ah já sei. Falsas esperanças.

Azar, já disse. Não dou sorte. Por certo já tem outra esposa. Novinha com certeza. Ou foi só um sonho e ele é muito feliz com a esposa.

Pensando melhor. Muitas coincidências. Correu para olhar no painel da entrada. Lá estava. Marcelo & Raul associados, 11º andar, sala 1102. Mais uma coincidência. Mesmo andar.

Já chega. Não quero mais pensar nisto. As fotos. Vou acabar com esta dúvida. Amanhã pego as fotos e isto vai acabar. Já chega!!!

No outro dia como tinha decidido, se preparava para ir ao centro pegar as fotos. E depois iria para o estúdio. E ainda na hora do almoço saberia a verdade.

Fez como tinha planejado. Ia passar antes na loja e pegar as fotos. Não deu. A grávida que ela tinha que fotografar entrou em trabalho de parto antes da hora. E quis fazer pelo menos as fotos de estúdio antes do parto. Tinha que correr. Foi de carro para o trabalho. Tudo bem, na hora do almoço ia buscar as fotos. Quem disse que deu. Ficou presa o dia todo no estúdio. Nem desceu para almoçar. Dona Margo providenciou comida para as duas. Almoçaram juntas.

— Minha filha. Você não quis arranjar ninguém, depois que seu marido foi embora?

— Nunca pensei nesta opção dona Margo. Eu esperava que ele voltasse. E agora? Passou tempo demais. Os homens de minha idade não procuram mulheres maduras não é mesmo?

— Você se surpreenderia minha filha. Posso te garantir. A senhora sorriu.

No final do dia dona Margo a chamou no cantinho e lhe deu um cartão profissional e falou.

— Minha filha. Pegue este cartão. Estes rapazes vão te ajudar com a história da casa. Eles me salvaram quando fiquei viúva.

— Meu marido nunca se preocupou em deixar tudo resolvido. Os rapazes tiveram muito trabalho, mas deram conta. E nem foi tão caro assim.

— Vá lá e diga que eu te indiquei. Que você é minha funcionária. Eles te dão um descontinho. Sorriu.

Antonela agradeceu. Precisava mesmo de um bom advogado.

Quando viu o cartão. A não. Marcelo & Raul associados. Já estou ficando assustada com estas coincidências. Pensou.

Mais alguns dias se passaram e Antonela não teve tempo de buscar as fotos ou qualquer outra coisa. Tinha agenda cheia todos os dias. Estava tudo atrasado por causa de outro funcionário que se demitiu. Estava exausta, mas feliz. Nunca trabalhou tanto. Não tinha tempo nem pra se lembrar do sonho ou de Raul.

Na sexta-feira não tinha nada para fazer à tarde. Sairia do estúdio, pegaria as fotos e iria direto para casa vê-las.

Na sexta, quando terminou as fotos agendadas e se preparava para ir embora, dona Margo a chamou em sua sala.

— Querida, não fique brava comigo. É que eu tenho o hábito de cuidar de todo mundo que eu gosto. E gostei muito de você.

— O que houve dona Margo? Perguntou Antonela preocupada.

— É que estes dias atrás, me encontrei com o Raul no elevador e tomei a liberdade de dizer a ele mais ou menos o que aconteceu com você.

Meu Deus, como é intrometida esta velha. Aff. Antonela só assentiu com a cabeça.

— Pois é perguntei se você tinha marcado uma hora com eles? Como não tinha feito ainda. Tomei a liberdade, e fiz por você.

— É que eu estive tão ocupada dona Margo. Sem nenhuma hora livre. Que nem me lembrei. Me desculpe. Não foi má vontade.

— Imaginei isto. Então, eu sabia que você hoje teria a tarde livre e marquei um horário para você.

— Vamos querida. Ele já deve estar nos esperando.

Jesus, esta velha é doida, é? Nem estou arrumada. Meu Deus, que vergonha. Bem feito. Fala muito você. Bem que Renato falava.

Antonela se olhou de alto a baixo.

— Não se preocupe querida. Você está linda. Dona Margo percebeu a preocupação dela.

— Já conhece o Raul? Perguntou a senhora.

— De vista. Viemos no mesmo voo quando me mudei pra cá.

— Hum, coincidência hein?

— Ah! Dona Margo. Não acredito em coincidências.

— Nem eu minha filha. Nem eu. Vamos, você está linda. Não se preocupe.

Passou as mãos no cabelo de Antonela e deu uma sacudida para soltá-los. Ela tinha cabelos lindos.

Entrou no escritório, uma Antonela muito, muito constrangida.

Raul as recebeu com cerimônia. De forma polida e muito discreta.

Antonela olhou para ele e se perguntou. Foi mesmo um sonho?

— Boa tarde dona Margo. Sente-se por favor. Falou Raul educadamente.

Ai a voz. Esta voz. Ficou toda arrepiada.

Controle-se criatura.

— Meu filho, terá que me perdoar. Tenho um compromisso agora. Só vim trazer a Antonela para te apresentar.

— Vai dar tudo certo minha filha. Fique tranquila. Se despediu deles e se retirou.

— Obrigada dona Margo.

Eu mato esta velha. Ela vai ver. Pensou Antonela.

— Boa tarde Sr.ª Antonela. Ofereceu a mão a ela.

— Boa tarde Dr. Raul. Também estendeu a mão.

Quando se tocaram, foi como se tivesse passado uma descarga elétrica pelo corpo dos dois. Ai Deus. Por favor. Pensou ela. Se sentou rápido. Teve medo desmaiar na frente dele.

— Bem Sr.ª Antonela. Me explique qual é o caso. Por favor.

— Só Antonela por favor. Não sou tão velha assim. Quis quebrar o gelo.

— Não, não é. Afirmou ele. Muito bem. Tem contato com seu marido?

— Não. Faz 5 anos que não tenho notícias dele. Mas nos divorciamos antes que ele partisse. Tenho todos os documentos.

— E pode provar que ele sumiu há 5 anos?

— Sim posso. Tenho uma carta de despedida para minha filha, e tentativas de meu advogado do Espírito Santo fazer contato com ele.

— Ótimo, vai ser mais fácil do que pensei. Vou te dar uma lista de documentos para começar.

— Tem filhos menores Antonela?

— Não. Minha filha tem 20 anos e já é casada.

— Melhor ainda. Falou ele.

— Como é o nome de seu marido. Vou fazer uma última tentativa de localizá-lo.

Quando Antonela disse o nome de Renato, Raul levantou a cabeça. Encarou a mulher. Quando ela olhou pra ele, desviou o olhar depressa. Voltou a tomar notas.

Ele tinha se lembrado de alguma coisa. Tinha certeza.

— Não se preocupe Antonela, vamos resolver seu caso bem rapinho.

— Obrigada doutor.

— Raul, me chame apenas de Raul. Amigos de dona Margo, são meus amigos também. Se desculpou.

— Eu não a conheço a muito tempo. Falou Antonela. Mas é como se ela sempre estivesse lá. Do meu lado.

— Sinta-se abençoada. Ela sempre ajuda quem precisa.

— Me sinto sim. Desde que cheguei aqui, minha vida mudou muito.

— Para melhor espero. Disse ele.

— Sim. Para muito melhor.

— Que bom. Isto é muito bom. Ele falou e sorriu.

— Bom. Já tenho os dados de seu marido. Preciso que me traga o restante dos documentos e tudo caminhará rapidamente. Tenho certeza.

— Está bem então. Obrigada pelo seu tempo.

— E Raul. Quanto isto tudo vai me custar? Preciso providenciar.

— Não se preocupe. Quando eu souber que providências teremos que tomar, te informo.

Se levantou para ir embora. Queria sair correndo dali. Estava difícil se conter. Ela se conhecia.

Estava já na porta. Ouviu ele falar.

— Antonela. Espere um pouco.

Congelou.

— Sim, Raul?

— Seu telefone. Você não me deu. Como vou entrar em contato?

— É mesmo. Falou sem graça. Ditou o número enquanto ele anotava.

— Certo. Nos falamos quando tiver algo concreto para você.

— Obrigada Raul. Até logo.

Pensou ter ouvido ele falar baixinho. Até bem logo, espero.

Antonela, você e essa mania de achar que todos são românticos como você. Não aprende, não é?

Ela não conseguia mais viver sobre esta dúvida. Tinha que ter certeza que era só uma loucura. Foi correndo pegar as fotos.

Dentro do carro olhava para o envelope em cada sinal de trânsito que precisava parar. Colocou de volta na bolsa. Em casa Antonela. Em casa.

Na loja perguntou se havia saído alguma foto. Estava tanto tempo na máquina...o balconista afirmou que as fotos estavam ótimas. Até lhe deu os parabéns pelo talento e perguntou se ela não gostaria de participar de um concurso de fotos da cidade. Ela agradeceu e disse que ia pensar. Tinha falado de seu trabalho.

Entrou dentro de casa jogando tudo no chão e abrindo o envelope. Seu telefone tocou. Que droga. Droga.

— Alô?

— Mãe, me ajuda. Hélio não está em casa. Estou me sentindo mal.

— Filha, se deite e fique calma, já estou indo.

Meu Deus. Ainda não está na hora. Olhou para o envelope nas mãos. Ainda não.

Entrou na casa da filha correndo. Sem falar que tinha dirigido como o personagem de "Velozes e Furiosos". Nem se lembra de como chegou lá.

Colocou a filha no carro e foram para o hospital. Val estava sem nenhuma cor no rosto. Suava muito. Antonela estava assustada. Apavorada.

Quando chegaram no hospital, Hélio já estava esperando. Val entrou direto para o consultório.

Antonela ficou na recepção esperando. Não quis ser intrometida. Deixou o casal à vontade.

Vários exames foram feitos. Esperavam os resultados. Resolveram deixá-la no repouso até que tivessem certeza que estava tudo bem com ela e com o bebê. Que angústia.

Algumas horas depois o médico veio com os resultados. E perguntou.

— Valquíria. Tenho que te perguntar. Ficou quanto tempo sem se alimentar?

A jovem olhou confusa. Acho que tentando se lembrar.

— Acho que só tomei o café da manhã hoje. Disse sem graça.

Antonela e Hélio olharam para ela ao mesmo tempo com olhar reprovador.

— Desculpe amor. Estava concentrada naquele projeto grande, e acabei esquecendo de comer.

Mesmo sem ter se formado ainda, Val tinha conseguido um projeto grande de um escritório. Era o projeto de um amigo. Ou melhor do pai dele. Estava preocupada de não dar conta.

— Minha filha. O que você ganha se ficar doente. Tem que ser responsável com sua saúde. E com seu bebê. Não está mais sozinha. Se lembra?

— Eu sei mãe. Vou tomar mais cuidado.

— E vai precisar mesmo mocinha. Disse o médico.

— Você está bem perto de dar à luz.

— Valquíria. Assim que o soro acabar, vou te dar alta. Mas tem que me prometer que vai ser mais responsável com você e seu bebê. E qualquer coisa vem direto para o hospital, ou liga para o seu obstetra ok?

— Prometo doutor. Falou Valquíria preocupada.

— Doutor. Quanto tempo eu ainda tenho de gestação?

— Duas semanas no máximo. Ele respondeu.

Droga. Ela tinha que se apressar com os projetos. Tinha que terminá-los antes de ganhar o Artur.

Antonela levou os dois para casa. E aproveitou para fazer algo para filha comer.

Arrumando a mesa, viu o projeto em que ela estava trabalhando. Escritório de Marcelo & Raul associados. Só podia ser, não é mesmo?

Gravou em seu celular, o telefone particular de Raul. Iria resolver isto hoje mesmo. Chega!!!

Não ficou para o jantar. Queria resolver logo "aquele" assunto.

Chegou em casa e foi fazer algo para comer. Não percebeu antes, mas estava faminta. Deixou de novo as fotos para depois. Ela estava era com medo de não ser verdade. Às vezes era melhor viver na ilusão.

Tomou banho, se enrolou no roupão e sentou na mesa para comer. Fez um caldo bem quentinho. Estava tão cheiroso. Pegou o envelope antes. Não queria mais ilusões na sua vida.

Quando tirou as fotos do envelope, seu telefone tocou. Mas será o Benedito? Alguém não quer que eu veja estas fotos. Que coisa.

— Alô? Atendeu irritada.

— Hora ruim? Perguntou a voz masculina do outro lado.

Era ele. Era Raul.

— Não. Desculpe. É que acabei de vir do hospital com minha filha. Achei que era ela de novo. Se desculpou.

— Está tudo bem com ela? Perguntou preocupado.

— Sim. É que já está quase na hora dela dar à luz e qualquer coisinha nos deixa preocupados.

— Vou ser avó. Acredita?

— É mesmo. Eles são tão jovens.

— Pois é. Mas espero que eles se saiam melhor que eu. Se precisarem estou aqui. Ela afirmou.

Bom ele ter ligado. Vamos resolver tudo hoje ainda...

— Sabe Raul. Não vou mais mentir para você. Estava pensando em você agora. Em nós na verdade.

Silêncio.

— Raul? Insistiu ela.

— Sim Antonela. Não sabia o que falar desculpe.

— Ok. O que precisa falar comigo então. Falou desanimada.

— Estou aqui fora. Posso entrar? Ele perguntou.

— Ótimo. Eu estava mesmo querendo que você estivesse aqui comigo. Vou abrir o envelope com as fotos de minha máquina antiga. Jogou para ver o que ele falaria.

— É mesmo? Ainda não as tinha revelado?

Ele também sabe das fotos. Eu sabia.

— Quer abrir comigo?

— Se me deixar entrar...

Ela abriu o portão e ficou o esperando na porta da sala. Com o envelope nas mãos.

Ela tremia de ansiedade. Ele também. Pareciam dois adolescentes no primeiro encontro. O que resultaria de tudo aquilo?

Ele entrou. Estava bem tenso.

Convidou Raul para se sentar no sofá e sentou de frente para ele. Segurando as fotos.

Ele segurou as mãos delas junto com as fotos e falou.

— Será que precisamos destas fotos para nos dizer o que sentimos um pelo outro?

Ela ficou até emocionada com a pergunta.

— Não, não precisamos. Respondeu.

— Não mesmo. Confirmou ele.

Desta vez, ele avançou para ela. Parecia um animal faminto. Foi ali mesmo. Fotos caídas no chão. Roupas para todo lado.

Eu sabia. Pensou Antonela. Não podia ter sido um sonho. Não podia.

Na segunda vez foram para o quarto. A cama era mais confortável. Lógico.

Eles eram fogo puro. Puro desejo. Era só o que importava agora.

Antonela não queria mais pensar em nada. Só que tudo ia melhorar. Ela sabia que ia.

Tarde da noite, os dois estavam famintos. Antonela foi esquentar o caldinho para os dois.

— Antonela. Como foram as coisas em 2015? Olhou para ela e sorriu. Não fiquei sabendo.

— Bem. Renato foi embora. Mas me deu o divórcio antes. E a casa? Não conseguiu tirar de mim como pôde ver.

— Você sofreu muito quando ele foi embora?

— Para falar a verdade. Foi um alívio. Já estava esperando mesmo. Foi angustiante esperar quando seria. Não se preocuparam em me passar a data certa. Olhou séria para ele.

— É mesmo. Nem pensamos nisto. Quer dizer, você não pensou.

— Pois é. Mas no fim deu tudo certo. Ainda bem.

Silêncio. Comiam sem saber o que falar.

Terminaram. Raul ajudou Antonela com a louça. Faziam tudo em câmera lenta. Sem saber o que esperar. Seria sonho de novo? Não podia ser.

— Raul? E se for um sonho de novo? Já pensou nisto?

— Que vamos acordar em 2050 bem velhinhos? Ele riu.

— É sério Raul.

— Desculpe. Sabe de uma coisa? Se for um sonho de novo, acho que devemos aproveitar então. Vamos esquecer de tudo e ficar juntos até quando der.

— Você quer ficar comigo Raul? Perguntou ela.

— Se eu não quisesse não teria esperado por você estes 15 anos.

— Me apaixonei por sua voz no telefone sabia? Quando ouvi sua voz no avião não acreditei. Achei que tinha enlouquecido. Não acreditava ser possível te encontrar. E depois. Foi uma loucura.

— Queria te encontrar, mas não tinha certeza se tudo aquilo tinha acontecido mesmo. Foram meses de angústia.

— Eu sei querido. Para mim também.

— Sempre que o telefone tocava eu ficava ansioso pensando que podia ser você. Ele terminou.

Se beijaram de novo, e foram para o quarto, de novo.

Raul olhava para o teto. Antonela ficou olhando para ele. Como era maravilhoso. Deve ser sonho...

— Antonela? Falou ele. Eu sei o que você está pensando.

— Sabe? E o que é? Perguntou ela.

— Vai lá, pega as fotos. Só espero que não desista de mim se for realmente um sonho.

— Nunca querido. Mas eu preciso saber.

— Por quê? Olhou pra ela.

— Porque assim tenho certeza que minha história, quer dizer, nossa história, não foi uma coincidência. Entendeu? Não foi o acaso.

— Entendo. Está bem. Pega lá vai.

Foi correndo. Quando chegou com elas todas misturadas, jogou na cama. Queria uma específica. Foi procurando. Não achava. Eram tantas fotos.

Raul olhava para ela fascinado. Sentia a paixão dela em provar não para ele, mas para ela mesma, que o que eles tinham não era ao acaso. Era algo especial.

— Aqui. Achei. Sabia. Eu sabia. Apertou a foto em seu peito.

— Posso ver? Ele pegou a foto da mão dela.

E lá estava. Os dois se beijando no jardim botânico.

Se deitou mais calma e relaxada. Ficou pensativa.

— O que é Antonela? Não gostou?

— Sim. Muito.

— Estava pensando em outra coisa. Respondeu ela.

— Aquele casal que nos fotografou.

— O que tem eles? Perguntou Raul.

— Agiam como nós dois quando fomos almoçar naquele restaurante em 2005. Não acha?

— Agora que você falou...

Continuaram calados pensando. Até que ela quebrou o silêncio.

— Raul. Sabe o que descobri durante todo este tempo te esperando?

— O que querida?

— Toda esta história foi para que nos conhecêssemos, e não desperdiçássemos tempo com quem não nos merecia.

— Você não acha? Ela insistiu.

— Não. Eu não acho.

Ela olhou surpresa para ele.

— Eu tenho certeza querida. Faz 15 anos que te espero.

— Eu nem tanto. Mas posso te dizer algo que espero que acredite?

— Pode falar querida.

— Não preciso viver muito tempo com você para dizer que te amo muito.

—Você foi o melhor presente que eu poderia receber dos céus.

Ele olhou apaixonado para ela. A beijou de novo e falou.

— Também te amo Antonela. Mas eu tive que esperar muito por você. Não vou te perder. Não mesmo.

Começaram ali uma nova vida. Um novo sonho...

Fim

www.ingramcontent.com/pod-product-compliance
Lightning Source LLC
LaVergne TN
LVHW091543170726
843492LV00007B/2080

* 9 7 8 6 5 0 0 0 3 6 9 3 0 *